KB060341

까발레로

CABALLERO

정연국 시집

Anthology of Jung Yun Kook

도서출판 청어

아니 오는 우주선 기다리며
별을 꿈꾸는 풀꽃 이슬이여
심연의 그대 눈은 블랙홀
베개 높이 괴고 가슴속 별 헤네

이슬에 든 뭇별이 풀꽃에 입 맞춰
딱지 벗겨지니 새잎 돋고
꽃이 허울 벗어 열매 맺을 즈음
강이 이름을 버리니 바다가 반겨주네

마음 고쳐먹고 별 볼 일 없이
다 제자리로 돌아가 텅 빈 자리
자취 없이 사라지는 건 마카 설워
무주동천 잔 숨결 차마 바다해도

숨은 열쇠 품은 심연의 그대 눈은
우주를 말없이 고이 머금은
풀과 별 불멸의 심향이어라

시누리에서 쉰 해를 헤며
정연국

차례

Section Ⅱ   Nevada

Section Ⅲ　　　Caballero

Section IV   Feeling

Section V   Secrets

Section I

Jungle In Sea

바다의 눈썹이 저리 하얗게 센 건

빈속에 빈 소라껠 살포시 머금자
고요의 울림 가없이 그윽한 바다여

게Ge는 유로파 이오도 다 살가운데
달은 해마다 손마디만큼 품에서 멀어져
서릿발 물바람에 지며리 옷깃 여미어도
마른하늘서 물고기비 퍼붓는 까닭으로
바다의 눈썹이 저리 센 건마는 아니리

빵모잘 눌러쓰고 푹 고갤 숙인 채
빈손 쿡cook 호주머니에 찔러 넣고
자이로를 돛 삼아 팽이 섬 에돌아
코스모스 깔린 무주동천無住洞天 되드니return

입 코 몽땅 가린 팬데믹 회오린
천마天馬네 소금꽃마차에 흰눈썹 흩날리며
마카 소래 개펄 햇귀로 스러지고

텅 비어 푼푼한 해밀 명징한 아침
가없이 거룩한 배달의 숨결이여

고운 말에선 향기가 난다

사람 몸에 날개 없는 까닭
마음에 날개 있는 때문만일까

뿌리가 건강해야 나무가 건강하고
고비를 넘어 봐야 고비 맛을 알지

입에서 나오는 말이 마음
깨친 입은 먹고 마실 때만 열고 닫아

소리 없는 소리가 열린 귀로 소리 없이
들어와 말없이 소식을 전하니

거울 속 거울 따뜻한 말 한마디 없어도
침묵의 지느러미 마음의 부렐 키워

고운 말에선 장작 타는 내가 물씬
사랑하자 이해하자 다같이 사이다

문학동에서 문학을 찾다

문학동엔 문학만 없는 게 아니다.

멍석말인 가뭇없이 뱃고동은 주릴 틀고
주린 소리 소문 없이
죽은 권력이 산 권력에게 경을 치고
관아 서릿발이 북소리보다 명징해
햇귀 단풍은 검정고무신을 지르밟고

막장은 간절히 침묵한다.

서로가 서로에게 도움이 된다는 게
참 고귀하다며

오늘 아침 마당 문학동
소리 소문 가르는 주리가
어처구니로 방긋하다.

개미지옥

냉철히 끓는 도가니에
개돼지도 아니 먹는
날 내가 말아먹네

도깨비불따라 뒷문밖
전설은 깜빡깜빡 끊기다 이어지고

다들 떠날 때 찾아와
내 억장을 메고 가는 이

없어야 할 법을
있어야 할 법으로 바꾸는 요양성

백사가 아트리움 신줄 닦네
닦을수록 독이 올라

펄펄 끓는 개미지옥
사람은 고쳐 쓸 수 없어

차라리 날 쏴라
빵!

풀과 별

아니 오는 우주선 기다리며
별을 꿈꾸는 풀꽃 이슬이여
심연의 그대 눈은 블랙홀
베개 높이 괴고 가슴속 별 헤네

이슬에 든 뭇별이 풀꽃에 입 맞춰
딱지 벗겨지니 새잎 돋고
꽃이 허울 벗어 열매 맺을 즈음
강이 이름을 버리니 바다가 반겨주네

마음 고쳐먹고 별 볼 일 없이
다 제자리로 돌아가 텅 빈 자리
자취 없이 사라지는 건 마카 설워
무주동천 잔 숨결 차마 바다해도

숨은 열쇠 품은 심연의 그대 눈은
우주를 말없이 고이 머금은
풀과 별 불멸의 심향이어라

도담도담

명함 내밀 일 없는 시인이
간판 없는 맛집

지붕 없는 맛에
도담도담 웃겨서 우네

텃밭에 하이얀 단추만 한
민들레 등 하나 켜놓았으니

입맛에 맞는 꽃냄새나
듣다 가시게
도담도담

슴베 품다

그대가 편해진다면 기꺼이
재넘어재까지 짐을 떠맡지요

물구나무로 지굴 들어올려요
지구 밖 지구까지

날로 먹는 인생은 없고
독은 건드릴수록 위험해요

단 한 번의 담금질로
슴베 말씀 그대로 되니

동백꽃이 동박새 품듯
곱게 살다 곱게 가세

나는 물이다

나는 물이네

물에 물탄 듯
술에 술탄 듯

새삼 신비론 건 아니네

물이 나네

랜선 카페

문자가 문잘 씹네
반대 아닌 반대

성질 급한 굼벵이
공감 아닌 공감

무식이 유식 등에서
대구 버티네

밸을 베어내니
견딜만하네 좀 더 즐길만하네

못에 걸린 시벽이
죽죽 흘러내리네

삼귀다

어쩌다
사귐 전에
풀꽃반지로
언약마저 없이

썸 타는
밀당 삼권
풋사과 맛도
달큰 커피맛도

아닌 그댄 뉘?

낙법

맘이 가벼우면
몸도 가볍지

몸이 넘어질까
맘이 먼저 넘어지고

못 다 한 말 삼켜도
칼바람 다시 덮치는데

아뿔싸!

그대 하늘은 이미
납작 엎드렸어

외옹치

가재가 노래하고 춤추는 외옹치
파도가 없으니 바다가 아니라

물푸레들이 손을 모아
하늘에 우물을 판다

퍼내고 퍼내도 아니 마르는
바다향기로 울컥

별을 노래하다
음악은 비같이 흘러내리고

발 아래 내려놓은 허울
아침에 눈을 뜨니
또 기적이다.

Right Now

시작도 끝도 없는 지금
바로 지금이네

거침없이 바람으로 걷고
높푸른 나무로 서서
간절히
깊푸른 산으로 앉아
고인돌 되어도

그냥 그대로네

Right now

Jungle In Sea

침묵의 바다
우주 밖 우주는 말없이
가슴으로 말하고 가슴으로 듣네

밤하늘 헤엄치다
지구 굴러가는 소리에 얼 깬
백두대간 허물이 허물 탓하네

흔들리지 않는 바람나무숲
적멸은 다만 자신을 흔들고

텅 빈 바다숲
홀로 겨울밤을 하얗게 태우네

The Mirror Smiles Before You

The mirror sees before you

The mirror smiles before you

The mirror is sad before you

The mirror forgives before you

The mirror have guts before you

That Sea's Eyelashes Turned White

That sea's eyelashes turned white
isn't just because Ara waterway
Nor the soup with barley shoots & skate liver
cooked by the diving fisher-women's sorrow
Neither because the isles're suffocating
thro the walking bridge linking isles

The shores erect ice needles in moonless night
The ears of reeds gash itself on chilly stars
Piercing winds from the Milky Way at any time
lash the sea's eyelashes over & over again
Seeking paradise on the rainbow in every dream
Which isle should I drop anchor

Section Ⅱ

Nevada

En Maskros Spor

En Sol

도끼의 언어들

슴베 뿌리 깊은 도끼
세상은 아니 무너진다
내려놓을 게 없다 생까고

삼각산은 파도를 타며
테헤란로 장지지는 내
소돼지 알까 봐 웃픈 밤
술잔 타고 날아다녀도

썩어선 안 되는 걸 알면서
썩은 도끼로 널브러져

빠직

하늘이 물푸레에 스미듯
얕은 내는 깊이 건너고
깊은 강은 사뿐 건너야

사막 옷 벗다

낙타는 제 그림자에 의지해
깊디깊은 바다 사막을 건너고

난 내 그림자에 이끌려
인생 사막을 건너나니

사막이 낙타 등에
사막사막 옷 벗는구나

풍설도 말없이 말을
버리는구나, 굳건히

그림자 사라지자
낙타가 사라지고

사막도 스러져
이미 아무도 없구나

네바다 꽃뱀 i

함부로 네바다 꽃뱀이 직선을 꺾네
달 없는 밤 꽃뱀은 몽땅 허물 벗고
달 밝은 밤 몸 버린 허울만 살롱살롱
꼬릴 흔들어 꽃뱀 스카프에 킬힐로
밤새 목마른 테헤란로 썸 타네

못 본다 해서 허물없는 건 아니지
알면 입 닫고 모르면 기막힌
달 없는 밤에만 피는 꽃 자갈마당
백사가 술을 만다, 죽어야 사는 웃픈 밤
물을 벗어난 물고기가 건하네

덧없이 가벼워진 삶 한소끔
손에 장지지는 내 자욱한 테헤란로
배롱나무 새로 모진 숨 사위고
자오선을 가르며 무조건
태양은 낼 또 솟아도 막장이네

네바다 꽃뱀 ii

있쟈
허공을
주름잡는
바람의 나라
영혼 없는 꽃뱀
허물 쾌자만
그야말로
세파에
하릴없이
네바다에서
말로 흩날리어
자취도 없이
스러지는
꽃뱀이
있쟈

꽃의 밀어

존재 않는 건 없네. 존재하는 것도
가없이 마음을 삼가 비우고

지워야 열리는 길 잘 들여진 길을
올 게 왔다 갈 게 가네 무릎을 낮추어
낮은 데서 낮은 데로 말없이

마신 공기 한 모금 버리지 못하면
죽지만 죽어야 사는

황금 하늘매발톱 처녀치마 박주가리
며느리배꼽 달개비 녹두루미 노루귀

이름 없는 건 없네 그지없이
세상을 아름다이 살리는 꽃의 밀어*

눈 감고 길 없는 길을 걸어도 보이네
귀 막아 길 없는 허방 짚어도 들리네

보라 꽃의 마음이 한 뼘은 더 자랐네
꽃의 말씀이 한 길은 더 깊어졌네.

*히어리 겨울개암나무는 해열 불안 오한발열 어지럼증 구토 구역질에, 히아신스는 피부보호 피로회복 진정 악취제거 공기정화에 화장품 향수, 회향은 향신료 피부질환 피부염 젖 잘 나오고 위경련 요실금 여드름 아토피 신장염 신부전증 생선 비린내 육류 느끼함 누린내 제거 불면증 동맥경화 구취 가래 없애는데, 회리바람꽃은 진정제 눈코입귀 요도 항문을 열어주고 가래 삭히는데, 황매화는 피부염 통증 이뇨 소화불량 기침 가래 갱년기 증세에, 황근 자주괴불주머니 산괴불주머니는 해열 해독 피부병 타박상 진통 종기 이질 이뇨 살충 살균 복통 뱀벌레 물린데 급성결막염에 나물 황금은 황달 해열 항염 항암 항알러지 항산화 항균 폐암 편두통 태아안정 치매예방 천식 진통 진정 지혈 중풍 종기 자궁출혈 입안 부은데 이뇨 아토피성 피부염 소염 불면증 복통 변비 두통 난소암 기침 기관지 구토 고열 간기능 보호 가슴 답답한데 차 나물로, 활나물은 황달 해열 해독 피부암 폐암 직장암 자궁경부암 위암 유방암 식도암 등 항암 종기 이질 이명 소변불통 설사 부스럼 복수 뱀에 물린데 백혈병 만성기관지염 당뇨 간암에 묵나물로, 홍화는 혈액순환 촉진 어혈 제거 동맥경화 관절염 골다공증 고혈압 고지혈증 식용유로, 홍괴불나무 올괴불나무는 해열 해독 학질 피부염 타박상 종기 이뇨 소염 부종 류머티즘 급성기관지염 감기에 차, 현호색 왜현호색 댓잎현호색은 혈액순환 항암 타박상 진통 진정 자궁수축 위통 위염 위궤양 어혈 신경통 소염 생리통 생리불순 산후통 복통 두통 관절통 경련 가슴앓이에, 해바라기는 혈뇨 해열 피부염증 타박상 종기 이명 이뇨 위암 요로결석 설사 두통 고혈압 고지혈증에, 해란초는 황달 화상 현기증 해열 피부병 치질 어혈 제거 변비 두통에, 해당화는 화농성 유선염 혈액순환 항암 피로회복 풍 폐결핵 토혈 타박상 치통 진통 지혈 종기 장염 입맛 없을 때 이질 이뇨 담으로 옆구리가 결릴 때 어혈 신경통 소화불량 설사 생리불순 마비 동맥경화 당뇨 기침 구역질 관절염 고혈압 고지혈증 각혈에 효소 향수 술로, 해국 왕해국은 체지방 체중 감소 이뇨 소화장애 비만증 방광염 만성간염 기침 감기에, 함박꽃은 두통 눈병에, 할미밀망 할미질빵 셋꽃으아리는 황달 해열 해독 항균 피부 물집 편두통 통풍 토사곽란 탈항 타박상 치통 천식 진통 진정 중풍 정신분열증 장에 가스가 차고 소리가 날 때 잇몸질환 임산부의 부종 인후염 이질 이뇨 유행성 이하선염 요통 언어장애 안면신경마비 신장염 신경통 수족마비 소염 설사 생선가시가 목에 걸렸을 때 살균 볼거리염 류머티스 딸꾹질 다한증 눈다래끼 근육마비 관절통 결막염 견비통 간질 간염에 효소 술 나물 꽃꽂이로, 할미꽃 동강할미꽃 가는잎할미꽃은 해열 해독 위암 신장암 뇌암 간암 등 항암 항균 학질 피부병 탈모 이질 위염 심장병

신경통 소염 살균 부종 복통 무좀 몸이 붓고 두통 대장염 뇌질환에, 하얀털괭이
눈은 해독 종기 부스럼에, 하늘매발톱 산매발톱은 혈액순환 생리통 생리불순에,
하늘나리는 해열 항알레르기 하혈 폐결핵 진해 진정 이뇨 불면증 부종 백혈구
감소증 강장 각기병에 나물로, 하늘타리 하늘수박 쥐참외는 황달 화상 혈당강
하 해열 해독 폐암 자궁경부암 유방암 식도암 상피세포암 간암 등 항암 항균
피부염 피부미용 피로회복 폐 기능강화 토혈 탈모 타박상 코피 치질 진통 종기
인후통 이뇨 유방염 원기회복 얼굴 주름 여혈 소염 설사 생리불순 새살 돋게 불
면증 분만유도 부스럼 변비 두통 동상 더위 먹은데 당뇨 기침 관절염 강장 갈증
해소 가래 삭히는데 차 술 녹말로, 피나물 노랑매미꽃는 풍 타박상 진통 지혈
종기 신경통 습진 근육이완 관절염 경락 활성에, 풍년화는 해열 해수 코피 지혈
설사, 팬지 삼색제비꽃은 해열 항염 항암 타박상 천식 이뇨 여드름 심장병 신
경통 소염 살균 뱀에 물린데 방광염 맹장염 당뇨 눈 노화방지 기침 기관지 근육
통 구충 관절염 강장제 가슴통증 가래를 삭히고 차 샐러드로, 팥배는 위장병 주
름 제거에, 파는 혈액순환 해독 항바이러스 항균 피부미용 피로회복 청혈 진통
진정 지혈 임신부 이뇨 위장 심근경색 신진대사촉진 신경과민 생선 비린내 고기
누린내 제거 불면증 부종 면역력증강 땀 두통 동맥경화 노화방지 고혈압 감기
가래 삭히는데 찌개 전 무침 나물 김치 국으로, 튤립은 항균 통증 신진대사 촉
진에, 털머위 말곰취 갯머위는 해열 해독 임파선염 인후염 습진 설사 기관지염
감기 물고기 먹고 체한데, 토끼풀은 화상 지혈 기침에, 큰조롱 은조롱 새박풀 하
수오는 혈액순환 허약체질 해열 피부미용 피로회복 풍 탈모 청혈 집중력증강 진
정 정력증강 자양강장 자궁병 우울증 요통 어지럼증 안면홍조 심혈관질환 신경
통 신경쇠약 스트레스 수족냉증 소염 성인병 설사 생리통 생리불순 빈혈 부인
갱년기 증상 불면증 변비 모발 건강 면역력증강 머리 검게 만성간염 동맥경화
노화방지 뇌 기억력증강 관절염 고혈압 고지혈증 결핵성 임파선염 감기에 차 술
나물로, 큰제비고깔은 위장병 매독 마비 경련에, 큰뱀무는 진통 종기 자궁출혈
인후염 이질 나물로, 큰방가지똥은 해독 항암 이질 식욕증진 소화불량 빈혈 기
관지염 갈증 간암 간경화에, 큰꽃으아리 클레마티스는 황달 해열 해독 항균 피
부 물집 편두통 통풍 토사곽란 탈항 타박상 치통 천식 진통 진정 중풍 정신분
열증 장에 가스가 차고 소리가 날 때 잇몸질환 임산부의 부종 인후염 이질 이뇨
유행성 이하선염 요통 언어장애 안면신경마비 신장염 신경통 수족마비 소염 설
사 생선가시가 목에 걸렸을 때 살균 볼거리염 류머티스 딸꾹질 다한증 눈다래끼
근육마비 관절통 결막염 견비통 간질 간염에 효소 술 나물로, 큰까치꽃 봄까치
꽃 개불알풀은 항암 학질 토혈 진통 지혈 중풍 요통 백대하 방광염 말라리아
구토증에 밀원용 나물로, 크로커스 사프란 장홍화는 혈액순환 혈압강하 현기증
해열 통풍 토혈 타박상 최음제 진통 진정 지혈 정신장애 자궁흥분 자궁출혈 월
경불순 우울증 신경통 시력보호 산후어혈 불임증 부인병 백일해 발광증 무월경

류머티즘 노화방지 냉증 기침 경련 건위 갱년기장애에 향신료 향수 차 요리 염료로, 콩배 아그배 돌배는 해열 해독 폐질환 숙취 소화불량 기침 감기에, 코스모스는 진통 종기 위 성장기 아이 부기 눈병 갱년기 여성에 차로, 칸나 미인초는 해열 피부염 지혈 종기 전염성 간염 자궁출혈 생리불순 이질 이뇨 급성 황달 각혈에, 카네이션은 흥분작용 혈액순환 혈압강하 해열 항염 임질 이뇨 월경 요도염 소염 부스럼 방광염 눈을 맑게 결막염에 차로, 치커리는 혈액순환 해독 항산화 항균 피부미용 피로회복 탈모 콜레스테롤저하 진정 위산과다 심혈관질환 신장 시력보호 소화촉진 성인병 산모 엽산 보충 빈혈 변비 동맥경화 대장 당뇨 다이어트 노화방지 골다공증 고혈압 경련 간장에 차 쌈 샐러드로, 치자는 황달 해소 타박상 치질 십이지장궤양 스트레스 불면증 목감기 기미 간에, 층층잔대 잔대 딱주 당잔대는 해열 중금속 약물 식중독 뱀 벌레에 물린데 해독 항균 폐렴 천식 지혈 종기 자궁출혈 자궁염 생리불순 산후풍 모유부족 등 부인병 이뇨 원기회복 소염 새살 돋게 베인 상처 류마티스 관절염 기침 기관지염 고혈압 경기 강장제 강심작용 갈증해소 가래 삭히고 차 장아찌 쌈 나물로, 층층나무는 해수 종기 이뇨 신경통 관절염 강장에, 층꽃나무 층꽃풀은 해열 항균 타박상 진통 종기 자궁출혈 자궁암 인후염 어혈 습진 생리불순 복통 뱀에 물린데 백일해 만성기관지염 기침 관절염 감기 가려움증에 초롱꽃 금강초롱꽃 캄파눌라는 해열 해독 폐결핵 편도선염 천식 진해 진통 종기 인후염 약물중독 분만 촉진 벌레 뱀에 물린데 두통 기침 기관지염 고혈압 거담에 나물로, 처녀치마 성성이치마는 콜레스테롤 이뇨 신장병 설사 비만 억제 당뇨 고혈압에, 채송화 땅채송화 바위채송화는 해열 해독 타박상 습진 칼에 베인 상처에, 참나물은 안구건조증 비만에, 창포는 혈액순환 항암 장염 옴 설사 부스럼 만성기관지염 건망증 간질환 목욕 머리 감는데, 참산부추 산달래 정구지는 협심증 혈액순환 혈관계질환예방 허약체질 해열 해독 항균 천식 진통 이뇨 위 염증 어혈 심장 신경통 소화불량 소변 자주 보는데 살충 뱀에 물린데 냉증 기침 거담 갑상선질환 감기 간 가슴앓이에 지짐이 장아찌 생치 무침으로, 참꽃 진달래 영산홍은 후두염 혈액순환 해독 항균 피부 상처 풍 폐농양 편도선염 통풍 토혈 타박상 코피 천식 진해 진통 직장궤양 출혈 지혈 자궁출혈 잇몸염증 입안염증 인후염 이질 이뇨 월경불순 요통염증 어혈 신경통 발진 류머티즘 두통 두드러기 담 노화방지 기침 기관지염 관절염 고혈압 감기에 효소 화전 차 술로, 찔레는 혈액순환 오줌싸게 생리통 생리불순 산후관절염 산후신경통 불면증 만성변비 건망증에, 쪽동백 때죽은 후두염 통풍 치통 살충 뱀 물린데 방부제 머릿기름 등잔불 기관지염에, 쪽은 황달 해열 해독 항습 항균 토혈 탈모증 이질 염증 여드름 아토피성 피부질환 소종 세정 살충 부스럼 뱀 개에 물린데 두통 가려움증에 염료 비누로, 짚신나물 낭아초는 혈액순환 혈당강하 현기증 해열 해독 항염 항균 폐암 췌장암 자궁암 위암 식도암 방광암 대장암 골수암 간암 등 항암 폐결핵 편두통 편도선염 토혈 타박상 치질 천식 진해 진통 지혈 종기 정력감퇴 장염 자궁출혈 잇몸출혈 임파선염 인후통 이질 이뇨 위궤양 유선염 요도염 옴 어혈 심혈관질환 신장병 신경쇠약 식중독 식욕증진 습진 소염 설사 생리불순 빈혈 부스럼 복통 뱀에 물린데 베인 상처 류머티즘 땀띠 대하 당뇨 담낭질병 눈 충혈 뇌염 기침 구충 구내염 관절염 과로 고산병 결핵 거친 피부 감기 간장병 가려움증 가래 삭히는데 차 술 나물로, 지칭개는 해열 해독 항암 치통 치루 지혈 종기 임파선염 유방염 소염 소독 상처출혈 부스럼 골절상에 효소 장아찌 된장국에 나물로, 줄속속이풀 쇠냉이 개갓냉이는 해수 항균 풍습 폐렴 타박상 진해 종기 인후통 인플루엔자 억제 옻 만성기관지염 관절염 거담 감기 열에, 주목은 홍조 혈압강하 혈당강하 항염 항산화 폐암 자궁암 위암 유방암 난소암 등 항암 종양 조갈증 이뇨 월경불순 신장질환 신경통 소변불통 성인병 비염 부종 백혈병 몸살 마취 독감 당뇨 노화방지 기침 고혈압에 차 염료 술 목재 가구로, 주름잎 담배풀 고추풀은 화상 해열 해독 종기 월경불순 소염 복수에 나물 김치로, 종양지꽃은 해열 해독 타박상 지혈 골관절 결핵에, 좀고추나물 둥근애기고추나물은 해열 해독 편도선염 소아경풍 맹장염 급만성 간염에, 조희풀은 호흡기질환 하혈 풍 통풍 천식 절상 위냉증 신경통 소화불량 관절염 거담 각기병 가래 삭히는데, 조팝나물 조밥나물 버들나물은 해열 해독 종기 이질 요로감염증 복통에, 조팝나무는 해열 진통 신경통 설사 감기에, 조뱅이 조방가시는 혈압강하 해독 항염 항암 항균 피부질환 코피 진통 진정 지혈 종기 자궁출혈 이뇨 소변출혈 백혈구 대변출혈 전갈 뱀 거미에 물린데 간질환에 음료 나물로, 조개나물은 혈액순환 해열 해독 하혈 피부질환 폐렴 편도선염 토혈 타박상 코피 치통 치질 진정 지혈 종기 접골 임파선염 임질 인후염 이뇨 용종 옴 연주창 어혈 습진 소염 소변불통 부스럼 디프테리아 기침 기관지염 급성유선염 급성담낭염 골근통 고혈압 개에 물린데 감기 간염에 차 염료 방향제 나물로, 제비란은 해수 폐열 거담에, 제비꽃 화엽제비꽃 서울제비꽃 둥근털제비꽃 노랑제비꽃은 후두암 황달 화농성질환 해독 항염 항암 항균 피부질환 타박상 치통 췌장암 진통 전염성간염 장염 인후염 이질 이뇨 위염 유방암 여드름 암세포전이억제 안구질환 악성종기 소염 설사 불면증 부스럼 변비 급성유선염 궤양 관절염 독사에 물린데 간염에 튀김 차 샐러드 나물로, 접시꽃은 부인병에, 절국대는 혈액순환 해열 지혈 종기 상처 치료에, 장미는 흉터 화상 현기증 항암 항알러지 항균 피부질환 피부미용 피로회복 탈모증 천식 진통 진정 주름 주근깨 이질 유방통증 여드름 어혈 아토피 신경안정 숙취해소 소염 생리불순 상처 산후우울증 비염 변비 면역력증강 멍 당뇨 다이어트 노화방지 기억력향상 기미 기관지염 구토 갱년기증상 간에 화장품원료 차 방향제로, 장대나물은 해독 진통 이뇨 위통 설사에, 장다리꽃은 진통에, 작약은 혈액순환 혈압강하 해열 항염 항알러지 항균 폐렴 타박상 치통 천식 진통 지혈 조급증 자궁출혈 이질 이명 이뇨 위장염 위궤양 위경련 월경불순 요통 어혈 어지럼증 안구충혈 심혈관질환 심장병 신경통 식은땀 수술후 수족냉증 소화불량 소염 설사 생리통 산후 뿌루지 빈혈 복통 변비 무월경 면역력증강 만성감염 류마티스 관절염 두통 동맥경화 대하증 당뇨 기침 기운회복 근육경련 갱년기장애 감기 몸살 간 보호에 차로, 자주꽃방망이는 후두염 해열 해독 편도선염 천식 인후염 위통 월경과다 소염 산통 변비 백대하 매독 두통 동맥경화 기침 간질에 나물로, 인동 붉은인동은 해열 해독 항염 항암 항균 피부질환 풍습 편도선염 토혈 탈모 지혈 종기 장염 자궁염 이질 이뇨 유선염 요통 신장염 신경통 소염 새살 돋게 살균 부스럼 복막염 멍 맹장염 당뇨 기관지염 근육통 관절염 감기 갈증 간염에 차 목욕용으로, 일일초 빈카마이너는 혈액순환 혈당강하 항암 코피 치통 치매 지혈 종양 자궁출혈 이뇨 월경과다 양치 악성육아종증 소염 상처 비장 백혈병 기억력향상 강장제로 이질풀 선이질풀은 혈액순환 해독 항균 피부가려움증 풍 폐렴 지혈 종기 장염 이질 위장복통 위궤양 심장병 신경통 식중독 소변 설사 생리통 상처 산후통 빈혈 불임 무좀 마비 냉증 고환 염증 경련 결막염 감기 각기병에 효소 차 나물로, 은방울꽃은 향수로, 으아리 큰꽃으아리 클레마티스는 황달 해열 해독 항균 피부 물집 편두통 통풍 토사곽란 탈항 타박상 치통 천식 진통 진정 중풍 정신분열증 장에 가스가 차고 소리가 날 때 잇몸질환 임산부의 부종 인후염 이질 이뇨 유행성 이하선염 요통 언어장애 안면신경마비 신장염 신경통 수족마비 소염 설사 생선가시가 목에 걸렸을 때 살균 볼거리염 류마티스 딸꾹질 다한증 눈다래끼 근육마비 관절통 결막염 견비통 간질 간염에 효소 술 나물로, 유채는 화상 혈액순환 피부염 피로회복 토혈 유선염 산후복통 고혈압 고지혈증 기름 나물로, 유자는 항암 편도선 중풍 두통 기침 감기에, 월계수는 해독 항염 항암 항바이러스 항균 피부미용 피부궤양 피로회복 폐결핵 천식 기침 기관지염 등 호흡기질환 타박상 진통 진정 종기 이뇨 여드름 아토피 심혈관질환 신경통 식욕촉진 소화증진 소독 생선 고기의 비린내 잡내 제거 살균 산후조리 비듬 불면증 복통 방충 방부제 모발 마비 류머티즘 두피 노화방지 노폐물배출 공기정화 곰팡이방지 고혈압 건위 강장 감기에 효소 화장품 요리 향신료 차 술 비누 목욕제로, 원추리 망우초는 황달 타박상 지혈 이뇨 우울증 염증 신경쇠약 불면증 부인병 노화방지 간장질환 나물로, 용머리는 폐결핵 진통 종기 인후염 이뇨 위염 소염 발한 두통에 나물로, 용담은 황달 해열 항암 항균 팔다리마비 췌장암 질염 진통 중이염 종기 인후통 이명 위암 위염 요도염 십이지장염 식욕부진 습진 소화불량 소염 사타구니 가려움증 비인암 부스럼 방광염 말라리아 류마티스 관절염 두통 담낭암 눈충혈 뇌염 고혈압 경기 결막염 건위 간장 질환에 효소 차 나물로, 오이풀은 황달 화상 혈액순환 해열 해독 항균 피부병 편도선염 토혈 타박상 칼에 찔린데 출산후 출혈 청혈 천식 지혈 지방간 중풍 저혈압 장출혈 장염 자궁출혈 이질 위염 위산과다 월경과다 악창 심혈관질환 습진 소염 설사 무좀 동맥경화 대장염 뇌출혈 기침 기관지 구토 고혈압 감기 간염 간경화 가래 삭히는데 차 나물 꽃꽂이

로, 영아자 미나리싹은 천식 열 감기 보혈보신 기침에 장아찌 쌈 나물로, 연리갈
퀴 녹두루미는 혈액순환 해열 해독 항암 피부염증 타박상 진통 지혈 종기 음낭
습진 소변 출혈 부종 말라리아 류머티즘 눈 근육마비 귀 관절염에 튀김 된장국
나물로, 연꽃은 해열 해독 하혈 피부미용 폐결핵 편도선염 토혈 탈항 코피 치질
출혈 체증 진정 지혈 주독 정력제 자궁출혈 이질 위장염 위궤양 유정 월경과다
오줌싸게 어지럼증 안구출혈 악창 십이지장궤양 신체허약 소염 소화불량 소아
경풍 소변불리 소대변 출혈 설사 빈혈 불안해소 불면증 부인병 몽정 두통 대하
노화방지 구갈 강장제 각혈 가슴통증에 차 음식용으로, 여뀌바늘은 해열 해독
임질 인후염 이뇨 악성종기 소변불통 물집 대하증에, 엉겅퀴는 타박상 종기 알
콜해독 숙취해소 등 간 보호 부스럼 고혈압에, 얼음새꽃 눈색이꽃 복수초는 종
창 이뇨 심장강화 신경통 소변불통 몸이 붓고 복수 차는데 관절염 간질에, 얼레
지는 이질 신장 복통 당뇨 눈병 노화방지에, 어리연 마름나물은 해열 해독 종기
이뇨 부스럼 술안주 물김치로, 앵초 해바라기앵초 설앵초는 해열 해수 천식 진
통 진정 정신병 열감기 신경통 소염 상처 불면증 류머티즘 뇌활성화 기침 기억
상실증 기관지염 관절염 감기 가래 삭히는데 차 쌈 나물 국으로, 애기똥풀 까치
다리는 황달성 간염 티눈 타박상 종기 이질 월경통 월경불순 옻 어혈 아토피 신
경통 소화불량 설사 사마귀 복통 버짐 뱀 벌레에 물린데 무좀 급만성 위장염 관
절염에, 애기괭이밥은 황달 화상 해열 해독 타박상 코피 치질 이질 설사에, 씀바
귀는 해열 해독 항암 항산화 피로회복 폐렴 타박상 춘곤증 종기 젖앓이 식욕증
진 염증치료 습진 스트레스 해소 숙취해소 당뇨 다이어트 눈병 노화방지 기침
고혈압 간염에, 쑥부쟁이 갯쑥부쟁이 개쑥부쟁이는 혈압강하 해열 해독 항바이
러스 항균 풍 편도선염 코피 진통 종기 이뇨 유방염 어깨 결림 소화촉진 소염
비만 복통 벌레 뱀에 물린데 당뇨 담 기침 기관지염 감기 가래 삭히는데 차 즙
나물로, 쑥방망이는 해열 해독 염증 소종 세균감염 눈을 밝게 해주고 급성기관
지염 결막염에, 쑥갓은 항산화 피부미용 치질 위염 식욕증진 불면증 변비 뇌졸
중 고혈압 등 성인병 가래 제거에, 쑥은 혈액순환 해독 항염 항암 피부재생 피부
미용 피부노화방지 풍 폐렴 폐결핵 토사 코피 치질 청혈 천식 집중력 강화 진통
지혈 이뇨 위장병 자궁출혈 임신 생리통 생리불순 냉 때하 등 여성질환 아토피
피부염 심혈관질환 심근경색 식욕증진 숙취해소 수족냉증 소화촉진 소염 설사
살균 빈혈 복통 보습 변비 벌레 물린데 백혈구 수치를 늘여 면역력 증강 방광염
동맥경화 당뇨 다이어트 뇌졸중 기관지염 고혈압 경련 감기 간기능 개선에 효소
화장품 차 즙 조청 염료 밥 목욕제 모깃불 뜸 떡 국으로, 싸리는 타박상 요통
냉대하 심부전증 신장염 동맥경화 관절염 골다공증 고혈압에, 심장초 디기탈리
스는 혈액순환 피로회복 심장병 이뇨 울혈성 심부전증 신경통 식욕부진 살충
부종 복통 기침 고혈압 강심에 염료 즙으로, 시호 묏미나리는 황달 현기증 해열
항염증 탈항 치질 진통 진정 자궁하수 이명 위염 위궤양 양기를 돋우고 생리불

순 말라리아 담낭염 고혈압 감기 간염에, 시클라멘은 식욕촉진 기운회복에 분진
미세먼지 제거 등 공기정화용으로, 시계꽃 큰시계초는 화상 피부염증 천식 진통
정신안정 월경통 신경과민 불안 눈이 붓거나 염증 불면증 두통 대장성증후군
긴장완화 근육경련 고혈압 강장제 간질에 차로, 스타티스는 긴장 완화에, 스위
트피는 피로회복 심신 긴장완화에 향수로, 수정난풀은 허약체질 진정 이뇨 기침
에, 수염며느리밥풀 새며느리밥풀 꽃며느리밥풀 금낭화는 해열 해독 항암 타박
상 청혈 악창 아토피 습진 부스럼 더위 먹었을 때 강장제 청량음료 차 양봉용
나물로, 수수꽃다리는 위장 양기증진 구토 구충에, 수세미는 황달 화상 헛배 부
를 때 해열 해독 항암 피부미용 탈모 축농증 비염 주근깨 기미 젖이 부족한 산
모 요통 오십견 아토피 습진 손발 트는데 생리통 복통 변비 땀띠 두통 당뇨 고
혈압 기침 기관지 가래 설거지용으로, 수선화는 혈액순환 해열 종기 어깨 결림
부인병 부스럼 백일해 관절염 건조한 피부 거담에, 수레국화는 홍조 해독 항균
피부 이뇨 염증 살균 두통 눈 피로 기침 기관지염 간장병에 차 염료로, 수련은
해열 해독 하혈 피부미용 폐결핵 편도선염 토혈 탈항 코피 치질 출혈 체증 진정
지혈 주독 정력제 자궁출혈 이질 위장염 위궤양 유정 월경과다 오줌싸게 어지럼
증 안구출혈 악창 십이지장궤양 신체허약 소염 소화불량 소아경풍 소변불리 소
대변 출혈 설사 빈혈 불안해소 불면증 부인병 몽정 두통 대하 노화방지 구갈
강장제 각혈 가슴통증에 차 음식으로, 수국은 혈액순환 해열 학질 피부미용 피
부염 청혈 접골 인후염 어혈 양치 심장병 신장질환 숙취해소 소염 성인병 변비
두통 당뇨 다이어트 노화방지 낭습 갈증해소 기침 간 해독에 차 밀원용 감미료
로, 쇠스랑개비 뱀딸기 가락지나물는 항암 치질 중이염 인후염 종기 아토피 습
진 발열 경기 뱀 벌레 물린 상처에, 쇠서나물은 진정 설사 기침 기관지염 나물로,
쇠물푸레는 해수 피부미용 통풍 천식 눈병 냉대하에, 솜방망이 소금쟁이는 해열
해독 종기 이뇨 거담 나물로, 세이지는 해열 피부재생 피부미용 피로회복 풍 편
도염 탈모 청혈 진통 잇몸출혈 잇몸염증 임신 인후염 위장염 소화촉진 소염 소
독 상처 살균 비만 분만유도 노화방지 기억력향상 근육통 구취제거 구내염 관
절통 갱년기장애 강장제 감기에 향수 향료 차 샐러드로, 석잠풀은 황달 호흡기
질환 혈액순환 혈압강하 해열 해독 항암 피부질병 풍 폐결핵 타박상 치매예방
진통 진정 지혈 지방간 종양 전립선염 인후통 이질 우울증 요로결석 요도염 여
성질환 안질 아토피 심장질환 신경통 신경쇠약 순발력강화 성인병 생리불순 산
후질병 불면증 복통 변비 뱀에 물린데 방광염 맹장염 땀내기 동맥경화 당뇨 뇌
세포활성화 뇌경색 등 뇌혈관질환 기침 기억력증진 관절염 고혈압 간경화에 차
장아찌 술 방향제 나물로, 새덕이는 항염 항균에, 상추는 숙취해소 시력보호 스
트레스 해소 빈혈 불면증 골다공증 골격형성에, 삼백초는 황달 해독 항암 항노
화 항균 청열 자궁염 생리불순 냉대하 등 부인병 이뇨 신장염 숙변 부종 변비
당뇨 고혈압 간염에, 살살이꽃은 종기 눈 충혈 붓고 아픈데, 산초는 타박상 치

통 진통 소화불량 살충 기침 감기 구충 구토 향신료 기름으로, 산자고는 폐암 자궁경부암 위암 식도암 등 항암 종기 어혈에, 산오이풀 수박풀은 화상 혈관수 축 해열 해독 항균 피부개선 토혈 치질 지혈 종기 장출혈 자궁출혈 이질복통 월 경과다 습진 생리통 산후복통 불임증 동상 대장염 궤양 가려움증에, 산앵두 이 스라지는 황달 해열 피부미용 피로회복 천식 종기 장염 잇몸질환 이뇨 위장병 요도염 여드름 심장병 신장염 설사 부종 변비 뱁 벌레에 물렸을 때 방광염 대장 염 당뇨 다이어트 기침 기관지염 구충제 간 각기병 가래 삭히는데 효소 차 식초 술 과일로, 산수유는 해열 정력증진 이명 원기회복 월경과다 요실금 야뇨증 신 장 기능강화 식은땀 성기능강화 생리통 두통에 산사나무 아가위는 소화제 생리 통에, 산딸나무는 위염 위궤양 외상출혈 소화불량 설사 골절에, 산딸기는 체기 천식 정력 감퇴 야뇨증 빈뇨 불임 당뇨 머리카락이 희어지지 않게 하며 눈병 노 화방지 갱년기 장애에, 산도라지모시대는 해열 해독 폐렴 인후염 부종 머리 빠지 는데 두통 기침 기관지염에 나물로, 산골무꽃 광릉골무꽃은 황달 혈액순환 혈압 강하 해열 해독 항암 피가래 풍 폐렴 토혈 태아 안정 타박상 치통 청혈 진통 지 혈 종기 이질 위염 월경통 요통 신경통 소염 설사 몸살 기침 급성인후질환 근육 통 구토 관절통에, 사위질빵은 황달 해열 해독 항균 피부 물집 편두통 통풍 토 사곽란 탈항 타박상 치통 천식 진통 진정 중풍 정신분열증 장에 가스가 차고 소리가 날 때 잇몸질환 임산부의 부종 인후염 이질 이뇨 유행성 이하선염 요통 언어장애 안면신경마비 신장염 신경통 수족마비 소염 설사 생선가시가 목에 걸 렸을 때 살균 볼거리염 류머티스 딸꾹질 다한증 눈다래끼 근육마비 관절통 결 막염 견비통 간질 간염에 효소 술 나물로, 사막의 장미는 피부재생 피부미용 노 화방지에 화장품 재료로, 사랑초는 피부 세포 활성에, 사데풀은 황달 해열 해독 지혈 간염 나물로, 사과는 항암 피로회복 위암 식욕부진 소화불량 설사 생리통 변비 동맥경화 뇌졸증 고혈압 감기에, 뽀리뱅이는 해열 항암 통증완화 종기 유 선염 요로감염증 결막염 감기 간경화로 인한 복수나 부기를 가라앉히고 장아찌 나물 김치로, 비화옥은 공기정화에, 비비추는 화상 피부궤양 토혈 치통 중이염 젖몸살 자궁출혈 인후통 이뇨 위통 상처 부녀허약 뱀에 물린데 대한 결핵에 장 아찌 쌈 나물 국으로, 블루데이지 청화국은 해독 항진균 피부미용 타박상 신경 안정 습진 수렴 상처 변비 노화방지 기관지질환 감기 간장질환에 차 쌈으로, 붓 꽃 각시붓꽃은 황달 해열 해독 폐렴 편도선염 토혈 코피 치질 지혈 주독 종기 절창 자궁출혈 임질 인후염 이질 옴 소화불량 소염 빈혈 대하 대소변 잘나오게 근육과 뼈를 튼튼하게, 분꽃은 혈액순환 허약증 해열 피부병 폐결핵 편도선염 토혈 타박상 질염 주근깨 종기 이뇨 유선염 월경불순 요도감염 옴 여드름 안면 홍조 설사 뾰두라지 비만증 변비 버짐 방광염 대하 기미 급성관절염 골절에 화 장품 재료 해충 모기 퇴치용 염료로, 부처꽃은 해열 해독 항균 피부궤양 청혈 지 혈 자궁출혈 이질 월경과다 유행성 결막염 식중독 소종 설사 부종 방광염 당뇨에 채소 차 술로, 부레옥잠 부평초는 해열 해독 피부염증 타박상 이뇨 부종 갈증에 수질정화로, 봉선화는 항암 항균 피부염 태아 유산시키는데 타박상 체한데 진통 전신부종 장궁암 이질 월경불순 요통 요로결석 어혈 신장결석 신경통 생리통 불임증 변비 무좀 두통 과음과식에 차 염료 손발톱 물들이는데, 금강봄맞이는 해열 해독 풍 천식에, 보풀은 지사 이뇨 강장에, 벼룩나물은 통풍 타박상 치조농루 잇몸 등 치통 종양 위장병 애기 경기에, 베고니아는 항암 피로회복 상처 염증치료 감기예방에, 벚꽃은 습진 무좀 땀띠 당뇨 기침에, 벌노랑이 노랑돌꽃은 혈변 해열 인후염 이질 우울증 불면증 부인병 동맥경화 대장염 강장 감기에, 백일홍은 치질 지혈 이질 유방염 소변불통 부인병에 차로, 벌깨덩굴은 혈변 해열 해독 진통 인후염 이질 대하 등 여성 질환 소종 대장염 기력저하 강장 감기에 염색제 나물로, 벌개미취 갯개미취는 항암 유방암 폐결핵 폐렴 편도선염 인후염 목감기 만성기관지염 기침 각혈 가래 등 호흡기질환 콜레라균 이질균 대장균 녹농균 등 항균 청혈 이뇨 신경쇠약 스트레스 해소 살충제 당뇨 노화예방 갈증 해소에 효소 차 나물로, 뱀도랏은 풍 정력보강 음문 붓는데 사타구니 땀나는데, 백일홍은 해열 항암 항균 진해 진통 지혈 종기 장염 이뇨 유방염 월경과다 습진 설사 산후지혈 골절에 차로, 백리향은 후두염 혈액순환 해열 항균 피부 가려움증 치통 진통 소독 설사 부패방지 부종 복통 변비 백일해 면역력 더부룩함 기침 기관지염 근육 관절통 구충 구역질에, 백당나무는 풍 타박상 이뇨 요통 옴 관절통 관절염에, 배롱나무는 황달 혈액순환 해독 항균 피부염 치통 치질 질염 진통 지혈 자궁출혈 이질 염증 습진 불임증 방광염 대하증 냉증 기침 급성간염 골절 간경화 가려움증에, 방울꽃은 타박상 이뇨 심장쇠약 부종에 향수 나물로, 밤은 혈액순환 혈변 헐은 입안 타박상 정력 위장 옻 숙취 설사 배탈 무좀 노화예방 나병 근육통에, 박주가리는 혈액순환 허약체질 해독 피부염 피로회복 칼에 베인 상처에 치통 질염 진통 진정 지혈 종기 조루증 젖 잘 나오게 자양강장제 이뇨 음위증 유선염 어혈 안질 신부전증 소염 새살 돋게 사마귀 제거 뱀 벌레에 물린데 방광염 발기 장애 머리 검게 대하 기침 관절염 결핵성질환 가래 삭히는데 효소 차 즙 술 부각 바늘쌈지 도장밥 나물 국으로, 박꽃은 변비 당뇨 갈증해소에, 바람꽃은 해열 해독 이뇨 소염 감기에, 바늘꽃은 화상 혈액순환 항암 타박상 칼에 베인 상처 진통 지혈 종기 제습 인후염 이질 월경과다 식도암 소화불량 소염 백반증 급성신장염 구충 골절 감기 간염에 술 나물로, 민들레는 해열 천식 위장병 신경통 소염 소변불통 만성간염 기침 기관지염에 나물 장아찌 김치로, 민둥뫼제비꽃은 해열 해독 이뇨 소염에, 미나리아재비 구름미나리아재비 왜미나리아재비는 황달 진통 이명 옴 소종 눈에 긴 백태 제거 간염에, 물옥잠은 해열 해수 해독 피부 헌데 가려움증 치질 천식 종기 심장병 부스럼 기침에, 물싸리는 유선염 소화불량 부종에, 물망초는 피부염 위통 우울증 스트레스 소화불량 독감 감기 가슴통증 가려움증에 차 요리 샐러드로, 무스카리는 자극제 이뇨에 부케 나물로, 무궁화는 해열 해독 하혈 피부병 피로회복 편두통 토할 때 탈항 코피 치질 천식 질염 중풍 장염 이질 이뇨 위장병 옴 여성병 습진 설사 비만 불면증 버짐 무좀 목마름 두통 대하 대장염 노화방지 기관지염 구토 감기 간질 가슴이 답답할 때 가래 삭히는데 차 나물 국으로, 목련은 치통 축농증 소염 붓이 복통 만성 비염 두통 기미 가려움증에, 모싯대는 해열 해독 폐렴 폐결핵 진정 종기 인후염 위장병 식욕부진 비만 부스럼 벌레 뱀에 물린데 만성 식체 두통 당뇨 눈을 밝게 함 기침 기관지염 강장 간염 간암 가래 제거에 즙 나물로, 메밀은 화상 지혈 종기 습진 소화불량 변비 동맥경화 당뇨 고혈압 가려움증에, 모란은 혈액순환 해열 항암 항균 피부발진 피로회복 타박상 코피 진통 진정 종기 자궁근종 월경불순 요통 어혈 알츠하이머 알레르기 심근경색 소화촉진 소염 생리통 비염 부스럼 복통 맹장염 초기 두통 대변출혈 근육경련 관절통 고혈압 가슴답증에, 명자는 피로회복 토사곽란 주독 좀 벌레 정력증강 이질 위염 숙취해소 수종 설사 복통 방향제 마비 류머티즘 기침 근육경련 구토 구역질 구강 구취 제거 감기 갈증 각기병 가래 삭히는데 효소 차 술로, 며느리배꼽은 황달 혈액순환 혈당강하 해열 해독 피부염 편도선염 치질 진통 지혈 종기 장염 임파선염 이질 이뇨 유선염 옴 신장염 습진 소변불통 설사 상처 부스럼 부기 복통 버짐 뱀에 물린데 백일해 말라리아 당뇨 관절통 간염에, 맨드라미는 혈압강하 해열 항균 피부염 폐렴 토혈 치질 축농증 청혈 청력 천식 지혈 자궁출혈 자궁염 임질 이질 월경통 월경과다 오십견 야맹증 안과질환 신장병 시력감퇴 습진 손발 저림 설사 산기 비염 불면증 변혈 변비 두드러기 뇨혈 냉대하증 기침 건망증 간염 가래 삭히는데 효소 차로, 말발도리는 피부염 가려움증에, 말똥비름 알돌나물는 학질 진통 진정제 소화불량 복통 류마티스성 사지동통 반신불수에, 만리화는 해열 해독 이뇨에, 마타리는 해열 피부염 종기 이하선염 유선염 소염 설사 생리불순 맹장염 농 제거 고환염에, 마삭줄은 진통 지혈 중풍 신장염 신경통 뱀에 물린데 방광염 관절염 고혈압에, 마늘은 혈액순환 혈압강하 항암 항산화 항균 피부미용 피로회복 콜레스테롤 강하 치매 체력증강 정력향상 알레르기 아토피 심혈관질환 신진대사 증진 수족냉증 손발저림 살균 면역력증강 만성간염 두뇌활동촉진 당뇨 뇌혈관질환 노화방지 기억력향상 고혈압 강장제 감기에 효소 즙 장아찌 양념 밥으로, 로즈메리는 호흡기질환 항암 항산화기능 항균 피부보호 피로회복 폐 치매 천식 진통 좀벌레 예방 음식냄새제거 신경통 식욕증진 스트레스 완화 숙취해소 소화촉진 소독 살균 백혈병 방향제 방충 두통 당뇨 다이어트 뇌질환 뇌졸중 뇌를 맑게 노화예방 기침 기억력 향상 근육통에 향신료 향수 차 식용으로, 라벤더는 화상 혈압강하 현기증 헛배부름 피부세포재생 피부미용 치통 진통 진정 인후염 우울 불안 해소 여드름 아토피 신경통 신경과민 스트레스해소 생리통 상처 살균 빈혈 불면증 벌레 물린데 방충 모발성장 메스꺼움 류머티즘 두통 근육통 구취 고혈압 갱년기 감기 가래 향수 향료 차 요리 비누로, 뚱딴지 돼지감자는 혈관질환예방 해열 피부미용 타박상 콜레스테롤 저하 췌장 체지방분해 숙취해소 성인병예방 비만 변비 당뇨 다이어트 골절상 골다공증 고혈압에 차 음식으로, 뚜껑별꽃은 해독 종기 이뇨 신장염 소염 복수 뱀에 물린데, 땅콩은 피부미용 피로회복 폐결핵 심근경색 변비 두뇌건강 동맥경화 당뇨에, 땅비싸리는 후두염 황달 해열 해독 항암 항균 피부병 폐렴 편도선염 치통 치질 진통 자궁경부염 잇몸질환 임질 인후염 이질 악성종양 심장 소종 소염 설사 부인질환 뱀 개에 물린데 백혈구상승작용 백일해 목이 붓고 아플 때 면역력증강 만성기관지염 뇌염 기침 구내염 고혈압 강장제 염료 밀원용으로, 땅나리는 해독 항염 항알레르기 피로회복 폐결핵 청혈 진해 위염 백혈구 증가시키고 거담에 나물로, 딱지꽃은 통풍 코피 자궁출혈 지혈 장염 위염 신경통 류마티스 관절염 당뇨병 기침 기관지 천식에 나물 차로, 등나무는 해열 해독 항암 피로회복 통풍 토사 진통 자궁암 위장병 위암 식중독 숙취해소 소변 살충 부인병 부종 복통 변비 근육통 관절통 관절염 가래에 효소 차 지팡이 나물로, 등갈퀴나물은 혈액순환 혈뇨 해열 해독 장암 자궁경부암 유방암 식도암 등 항암 풍 타박상 코피 천식 진통 중이염 종기 장출혈 장염 임질 인후염 음낭습진 유선염 신경통 삐거나 뼈 다친데 말라리아 류미티즘 눈 귀 기능향상 근육마비 관절통 기관지염에 효소 사료 비료 나물로, 동자꽃 털동자꽃 제비동자꽃 가는동자꽃은 해열 항균 피부병 진정 종기 이뇨 위장복통 원기회복 여름감기 변비 두창 구강건조에 나물로, 동의나물은 화상 해열 피부병 치질 천식 진통 진정 자궁암 월경장애 신장염 설사 기침 기관지염 구토 골절상에, 동백은 화상 해열 항암 피부건조 토혈 타박상 코피 치질 축농증 지혈 종기 장염 자궁출혈 이질 이뇨 위염 위궤양 유두염증 월경과다 어혈 아토피 소변출혈 산후출혈 삔 데 비듬 부스럼 부기 변비 목 아픈데 대변출혈 뇌출혈 노화방지 기력회복 간에 화전 화장품원료 차 술 나물 기름으로, 돌창포는 항암 항균 중풍 구충 건망증에, 돌나물은 해열 해독 피부미용 타박상 종기 인후염 식욕촉진 소염 성인병예방 살균 볼거리 대하증 담석증 다이어트 급성기관지염 고혈압 갱년기증상 골다공증 간경변 뱀 독충에 물린데 초무침으로, 도라지는 호흡기질환 혈액순환 해열 항암 피부미용 탈모예방 콜레스테롤 저하 폐렴 폐결핵 편도선염 천식 진통 인후통 위산분비억제 알레르기 아토피 피부염 심혈관질환 스트레스 완화 소염 성인병예방 비염 면역력증강 당뇨 늑막염 기침 기관지염 궤양 고혈압 가래 제거에 차 즙 나물로, 도깨비나물은 황달 혈액순환 해열 해독 학질 타박상 치통 충수염 이질 위경련 어혈 소변불리 뱀 거미에 물린데, 덴드로비움 석곡은 해열 진통 정신안정 소염 변비 발기부전 당뇨 눈을 밝게 기력 없을 때 강장에, 데이지는 해독 항진균 피부미용 타박상 신경안정 습진 수렴 상처 변비 노화방지 기관지질환 감기 간장 질환에 차 쌈으로, 댕강나무 댕댕이나무는 후두염 혈액순환 해열 해독 항암 항균 피부미용 피로회복 탈모 지혈 이뇨 위장 알레르기 심혈관질환 신경과민 시력보호 숙취해소 수족냉증 수렴 설사 상처 비타

민c결핍 비만 불면증 만성두통 동맥경화 당뇨 노화방지 구강소독 고혈압 건망증 감기 간질환에 정원수 술 나물로, 닭의장풀은 화상 혈압강하 혈당강하 해열 해독 피부가려움증 편도선염 진통 종양 인후염 이하선염 이뇨 위장병 요도염 신장염 소염 설사 상처 부기 뱀 벌레에 물린데 류머티즘 당뇨 눈 염증 뇌막염 감기에 효소 화전 차 염료 생채 밥 나물로, 달맞이꽃은 혈액순환 혈관질환 생리통 생리불순 등 부인과질환 피부염 여드름 아토피 습진 등 피부질환 다이어트 갱년기질환에 달리아는 치통 진통 이뇨 소염에 차로, 달걀꽃 돌잔꽃은 혈뇨 해열 해독 지혈 전염성간염 장염 위염 소화불량 설사 감기에, 단풍제비꽃은 황달 피부염 진통 중풍 종기 이질 유방염 성장촉진 설사 생인손 간에, 닥나무는 허리통증 자궁출혈 눈을 밝게, 눈괴불주머니는 해열 폐결핵 각혈 진통 종기 이질에, 노루귀는 해열 치통 치루 진해 진통 종기 장염 위장염 설사 부스럼 복통 벌레 물린데 만성위염 두통 기침 구토 감기 간장병에 나물로, 노각나무는 간에, 넝쿨장미는 이뇨 변비 강장에, 너도바람꽃은 해열 인후염 이뇨 소염에, 냉이는 춘곤증 식욕증진 빈혈 변비 눈 골다공증에, 나팔꽃은 천식 이뇨 위궤양 식체 살충 부종 복수 찬데 복부팽만 변비 만성 신이신염 대소변 배출 구충 기침 관절염 간경화 각기병에 차로, 나리 개나리는 화농성질환 종기 임파선염 신장염 오한발열 습진 소염 소변불통 만성비염에 나도쓴풀은 탈모 식욕부진 소화불량 복통에, 나도수정초는 이뇨 기침 기관지염에, 끈끈이대나물은 해열 항진균 청혈 기침 강장 간질 가래 삭히는데 나물로, 꿩의 다리는 해열 해독 코피 종기 설사 소염 두드러기 관절염 감기에, 꿀풀은 현기증 해열 해독 유방암 림프종 갑상선암 간암 등 항암 항균 폐결핵 타박상 중풍 종기 임파선 임질 인후통 이뇨 신장염 소화불량 소염 세균성 질환 생리통 살균 부종 베인 상처 방광염 대하 눈에 통증 눈물이 자주 날 때 근육통 구안와사 관절통 고혈압 객혈에 효소 술로, 꽃창포는 황달 혈액순환 피부병 폐렴 타박상 진통 진정 중풍 장염 이질 설사 복통 복부팽만증 만성위염 만성기관지염 두통 관절통 건위 건망증 거담 간질병 가래 삭히는데 목욕 머리 감는데, 꽃쥐손이는 혈액순환 해열 해독 풍 타박상 진통 종기 장염 이질 설사 마비 경련 류머티즘성 통증에 차 술로, 꽃무릇은 혈액순환 해독 항암 폐결핵 편도선염 토혈 치루 천식 종양 종기 장궁탈수 임파선염 인후염 이뇨 위궤양 심장병 신장염 복막염 부종 복수 늑막염 기침 기관지염 구토 가래 삭히는데, 꽃마리 좀꽃마리는 해독 진통 종기 중풍 이질 이뇨 야뇨증 수종 근육마비 소변불통 설사 부스럼 등창 대장염 늑막염 구토 감기에 샐러드 나물로, 꽃다지는 폐결핵 심장성 부종 천식 기침 가래 삭히는데 나물로, 꼐묵은 진정제 나물로, 꽃기린은 해독 지혈 종기 자궁출혈 복수 공기정화 간염에, 깽깽이풀 황련 황수련은 화상 혈액순환 해열 해독 항암 항균 폐결핵 토혈 치주염 장티푸스 인후염 이질 위장병 위열 유행성 열병 식중독 소화촉진 소염 설사 불면증 복통 만성담낭염 눈병 구충제 구강염 고혈압 결막염에, 깨꽃 샐비어는 혈액순환 혈당강하 해열 항염 항알러지 항발진 항균 피부재생 피로회복 통풍 탈모 청혈 진통 진정 종기 임신 촉진 인후염 위장 심신안정 시력보호 스트레스해소 소화촉진 소염 소독 성욕강화 상처 살균 방부제 머리 맑게 두피 다한증 거친 피부 강장에 향신료 차로, 깔깔이풀 반디지치 송곳나물 당개지치 지치는 화상 혈액순환촉진 해열 해독 항염 항암 항균 피임 피부병 토혈 타박상 치질 천식 진통 위산결핍 염색제 여드름 식욕부진 습진 소화촉진 소종 소염 생리불순 사마귀 비만 변비 복통 물집 동상 대하 기침 골절에 나물로, 까마귀쪽나무는 헬리코박터 파이로니균 억제 위염 위궤양 십이지장궤양에 긴산꼬리풀은 폐질환 편두통 천식 진해 진통 중풍 이뇨 월경불순 요통 안면신경마비 신경통 소염 변비 만성기관지염 류머티스 기침 감기 각기병에, 기린초는 해독 토혈 타박상 지혈에, 금창초는 해열 해수 해독 항균 폐결핵 편도선염 토혈 타박상 코피 청혈 천식 지혈 중이염 종기 장출혈 인후염 유방염 악창 신경통 설사 비염 부스럼 복통 베인 상처 변혈 방광염 디프테리아 두창 기관지염 기침 귀 염증 고혈압 감기 가래 삭히며 차 즙 양치질 나물로, 금붓꽃은 황달 토혈 코피 자궁출혈 임질 인후염 이질 이뇨 소염에, 금불초는 트름 천식 입덧 위암 유암 소화불량 메스꺼움 만성기관지염 딸꾹질 기침 급성늑막염 가래 삭히는데, 금난초는 지혈 두창 고혈압 감기에, 금꿩의다리는 황달 해열 해수 피부염 편도선염 진통 조급증 장염 이질 열병 습진 소염 눈병 급성바이러스 간염 고혈압 결막염에, 금계국은 치통 종기 소염 감기 가려움증 해소에, 글라디올러스는 혈액순환 해열 피부재생 요통 어혈 소종 노화방지에 차로, 그늘돌쩌귀 바꽃 투구꽃은 항염 진통 중풍 임파선염 원기회복 신경통 수족냉증 소종 인사불성 이뇨 복통 반신불수 류마티즘 관절염 두통 당뇨 뇌졸중 낙태 구안와사 관절통 강심에, 국화 산국 만수국 감국은 혈압강하 현기증 해열 해독 항암 항균 피부염 여드름 아토피 등 피부병 피로회복 풍 폐렴 탈모 콜레스테롤 제거 진통 진정 중금속 배출 인후염 이명 이뇨 위염 우울증 악성종기 신경통 신경쇠약 시력보호 스트레스 완화 소염 성인병예방 불면증 부스럼 몽유병 만성피로 두통 동상 동맥경화 니코틴 해독 눈이 침침하고 안보일 때 눈병 기침 기관지염 고혈압 고지혈증, 결막염 감기몸살 각막염에 차 술 나물로, 구절초는 혈액순환 탈모 치통 심혈관 소화불량 설사 부인병 기침 감기 고혈압에, 구슬붕이는 회충 황달 해열 해독 종기 인후통 위염 안구충혈 소화불량 소염 설사 부스럼 맹장염 눈병 급성결막염 결핵성 림프선염에, 구기자는 협심증 혈액순환 현기증 해열 항암 피부보호 폐결핵 허약체질 지방간 주근깨 기미 저혈압 의식불명 임산부 태아 영양공급 원기회복 요통 양기부족 약한 허리 무릎에 심장병 신장질환 신경쇠약 시력증진 소염 성인병 예방 빈혈 불면증 백내장 반신불수 무력증 만성피로 만성기관지염 마른기침 두통 동맥경화 예방 당뇨 노화예방 구강궤양 고혈압 고지혈증 강장 갈증 간염 간경변증에 차 술 나물로, 괭이밥은 해독 토혈에, 과꽃 아스터는 해열 피로회복 안구충혈 눈 시원하게 머리 맑게 이뇨 광견병 간기능 향상에 차 나물로, 곰취는 어깨 결림 신경통 생손앓이 부스럼에, 고추냉이는 신경통에, 고추는 혈액순환 지혈 이뇨 신경통 식욕증진 비만 밤눈 밝게 당뇨 구토 감기에, 고마리 돼지풀은 피부병 타박상 콜레라 지혈 이뇨 시력 소화불량 간염에, 게발선인장은 혈액순환 전자파 제거 심신안정 새집증후군 포름알데히드 제거에 술 공기정화용으로, 겨울앵초는 신경통 관절염에, 겨우살이는 협심증 혈압강하 현기증 허약체질 해열 해독 폐암 위암 유방암 신장암 간암 등 항암 학질 피부종양 풍 폐결핵 태아건강 탈모 타박상 치아 튼튼 치루 진통 진정 지혈 종기 정력감퇴 자궁출혈 자궁염 이뇨 위궤양 유정 월경과다 요통 어혈 안태 신경통 신경쇠약 술독 소염 생리불순 사지마비 빈혈 불면증 부종 복수 뱀에 물린데 백대하 반신불수 무력증 면역력증강 만성기관지염 류머티즘 두통 동맥경화 당뇨병 눈 밝게 기침 근육통 관절염 고혈압 감기 간경화 각막염 가래 삭히는데 효소 차 술 밥물 국물로, 검종덩굴 요강나물은 해열 풍습 진통 이뇨억제 생리불순 사지마비 동통 관절염에, 거베라는 쓰레기봉투 종이타월에서 나오는 포름 알데히드 제거에, 갯완두는 홍역 해열 해독 피부미용 체한데 이뇨 신경성 두통 설사 산후병 부스럼 변비 물집 땀이 안날 때 근육경련 관절통 감기에 차 나물 국으로, 갯씀바귀는 항암 폐렴 타박상 종기 음낭습진 소화불량 불면증 노화방지 골절 고혈압 간염 간경화 뱀에 물린데, 갯쑥부쟁이 개쑥부쟁이는 혈압강하 해열 해독 항바이러스 항균 풍 편도선염 코피 진통 종기 이뇨 유방염 어깨결림 소화촉진 비만 복통 벌레 뱀에 물린데 당뇨 담 기침 기관지염 감기 가래 삭히는데 차 즙 나물로, 갯무 무꽃은 화상 해열 해수 해독 항암 항균 폐렴 편두통 토혈 타박상 코피 치통 천식 이질 유방염 식욕부진 소화불량 방광염 물고기 비린내 제거 당뇨 눈병 기관지염 구토 결석 가스중독 가래 삭히는데 김치 국으로, 개연은 타박상 지혈 장염 이뇨 월경불순 부인병 신체허약 소화불량 결핵 강장에, 개쓴풀은 후두염 해독 편도선염 식욕부진 소화불량 골수염 결막염에, 개싸리는 허약체질 종기 소화불량에, 개별꽃은 허약체질 폐암 위암 암치료 설사 식욕부진에, 개미취는 항암 유방암 폐결핵 폐렴 편도선염 인후염 목감기 만성기관지염 기침 각혈 가래 등 호흡기질환 콜레라균 이질균 대장균 녹농균 등 항균 청혈 이뇨 신경쇠약 스트레스 해소 살충제 당뇨 노화예방 갈증 해소에 효소 차 나물로, 개구리자리는 황달 해독 학질 충치 악성종기 말라리아 결핵성임파선염 간염에, 개구리발톱은 치질 자궁염 임질 요로결석 뱀 벌레 물린데 경기 간질에, 개구리갓은 해열 학질 폐결핵 종기 이질 대장염 결핵성 임파선염에, 개가시는 생리통 변비에, 감자는 항암 피부미용 폐종양 진통 장염 위장질환예방 위궤양 염증 심장병 신경안정 스트레스 해소 소화촉진 성장촉진 성인병예방 빈혈 불면증 부종 변비 동맥경화예방 당뇨 다이어트 고혈압 간경변증에 즙 음식으로, 갈퀴나물은 혈액순환 해열 해독 장암 자궁경부암 유방암 식도암 등 항암 코피 천식 진통 중이염 종기 장출혈 인후염 인대 뭉침 음낭습진 유선염 부종 류머티스 관절염 다리 허리 통증 기침 근육통

근육마비 관절통 관절 삔 데 효소 차 나물로, 각시괴불은 해열 종기 이뇨 감기
에, 가지는 후두암 위암 대장암 등 암예방 혈액순환 해열 항암 하혈 피부 노화
방지 파상풍 타박상 콜레스테롤 저하 치통 치질 췌장 기능강화 청혈 진통 지혈
주근깨 잇몸염증 임질 이뇨 심혈관질환 심신안정 식중독 시력보호 습진 성인병
예방 사마귀제거 빈혈 비만예방 부종 변비예방 맹장염 딸꾹질 동상 동맥경화 대
장질환예방 당뇨 다이어트 뇌졸중 고혈압 고지혈증 간 각질 제거에 차 즙 음식
술로, 가새뽕은 이뇨 암 식욕억제 소갈증 사지마비 기침 관절염 고혈압에, 가는
개여뀌는 이질 벼멸구 방제 물고기 잡는 데 돼지고기 누린내 제거 관절염에 특효.

닐까요

연일정鄭씨
30세손 석사

연然꽃향 닮은
범골 시인이라

국國 그릇이
비록 허름해도

만수무강 비는
칠순 잔치 한 마당에

찬교 하나 화규 다온은
행복 담뿍 음악대

엄마랑 아빠랑
얼씨구 절씨구
지화자!

풀멍

풀이 바람을 낳는다
풀이 바람을 품고
바람이 풀에 기대어 산다

바람을 벌판에 풀어놓는다

구름 한 점 없이 맑은
해밀을 마신다

마음에 돛을 달고
가슴을 펴자 당당

풀이 비바람소릴
가장 먼저 알아채고
바닥에 미리 엎드린다

꿈을 접고 접어
풀죽다.

마음꽃

하늘 손바닥이
달항아리 주둥일 틀어막고 섰다

막막하면 산이 산을 품는 산으로 가자
바다가 바달 보듬는 바다로 가자

그대 하늘에 길을 내는
마음꽃이 벙근다

갈대는 신의 머리칼
빛도 아니고 그늘도 아닌
침묵이 고드름되어
달항아리에서 솟구친다

마음꽃에
희망의 태양이 솟는다

해 뜨는 집

긴긴밤을
노랗게 지새우는 얼음새꽃

하얀 등대는 말없이
곁에서 밤을 새워주네

검은머리갈매기 한 마리
바다 그리다 바위 되네

마파람이 귀를 쫑긋
동박새가 기지갤 켜네

꽃은 이슬에 생글
바람은 풀잎에 벙글

바다 깊은
집이 한갓지네

세상을 다듬다

어른아이가 콩팥을 고른다
오늘이 무슨 날이냐구
못 빠진 밥상머리에서
콩팥이 콩팥에게 말을 건다
콩팥 골라 뭐 할라구
세상을 다듬는다
거침없이 말할 수 있다
내 이름이 뭐냐구

여름에는 시원한 옷 입고
겨울에는 따뜻한 옷 입는
못
빠진 밥상머리
웃음꽃 만발이다

마음이 헛헛할 때

무작정 걸어요
걷고 걸어도
헛헛할 땐

하늘을 지붕 삼아
허공에 시의 집을 짓고

시의 방에 들어
생각을 내려놓아요

고요가 심원하면
생각을 멈춰요

매미는 달빛을 붙잡고
허물 벗어요

물푸레가 울산바위를 가르니
설악산도 파도에 몸을 실어요

마음이 헛헛할 때

감 배꼽 떨어지던 날

나무가 꽃을 버리니 열매 맺고
강이 강을 벗어나니 바다 되고
내가 날 버리니 온 세상

감 배꼽 떨어지던 날이다

일은 재미나게
삶은 가슴 설레게
내 삶의 주인은 나

어둠을 걷어 아침을 여는
햇귀가 삼삼하다

언강을 맨발로 건너다

눈이 강을 지우고
칼바람을 껴입는다

하늘도 얼어 터지는데
언강을 맨발로 건넌다

고드름은 언강을 물구나무서서
돋을새김에

얼음보다 차가운 맨발이
목을 멘다

거짓의 옷을 벗어 던지라
언강이 쩡쩡 경을 친다

카페 '옴시롱감시롱'에서 졸다

허공이 딱딱해
카페 '옴시롱감시롱'에 나앉아
차 향기 든다.

퐁드랑!
하늘 문이 열리며

"불 들어가요!"
"아이고 달궁!"

안드로메다 성이
온 길로 돌아가도,

거울이 아니
먼저 웃는 까닭은

자신을 벼리면 내 무던한데
날 비우니 스스로 차

오감 없는 나들문만
속절없네.

책에 다 못 쓴 시 허공에 그리다

겨우살이가 칼바람을 껴입는 건
나무가 얼어 죽지 않는 까닭인가

거믄 자작나무들이 하얀 수월 펄럭이며
고샅길을 갈지자로 질주하네

달빛을 분질러 빗자루로 엮어
가랑잎체 구름을 쓰네

칼바람을 끌어당기니
별빛이 후두둑 떨어지네

헛배를 졸라매고 등 굽은
원통 보릿고갤 간신히 넘네

울산바위 눈썹이 하얗게 센 까닭인가
노새가 굽을 벗어들고 미시령 되도네

Section Ⅲ

Caballero

숨

죽어야 사는 목숨도 있다.
마신 숨 내쉬지 못하면 죽어
숨 새로 우주가 나고 든다.

실크로들 쭈우욱 늘이면
안드로메다로 이어지고
확 당기면 방콕

얼굴을 맞대고
고래고래 지르는 건
가슴이 멀어진 까닭

빛이 어둠을 품고 어둠이 빛을 품는다
들숨 날숨 사이에
우주가 열리고 닫힌다

그 사이에 우리가 잠깐이다.

멍

눈웃음 보조개가 아름다운
꽃으로 내게 와
꽃멍 때리네

꽃뱀이 꽃뱀했던
깜도 아니 되는
꽃뱀의 계절은 가고

시가 흐르는 강마을
미선나무 새로
모든 슬픔 사위네

풀잎 이슬 속에
하늘이 들어와
별들이 속삭이네

꽃내

안반데기 벌들 명랑한 아침
응달보단 그대의 양지이고 픈

못내 잊힐 홑겹 꽃
내가 그댄가요?

유리안나

안반데기 뭇 꽃잎은 겹겹이
욜그랑살그랑

그윽이 품은 비단꽃내
그대인 까닭인가요?

유리안나

어른이고 싶었지만
어른인 적 없는 난

유리안나

사뭇 못 잊힐 홑겹 꽃
내가 그대여선가요?

탓

개구리가 고갤 깊이 움츠렸다
멀리 뛰려는 이유
너 땜만은 아니다

매미가 떼거지로 땔 잊고
온몸으로 자지러짐도
너 땜만은 아니다

빌딩숲 의자가 하릴없이
입 벌린 채 코 고는 까닭도
네 탓만은 아니다.

미리내

칠판 없는 교실 밖
천사의 나팔소리 따라

별들이 옹기종기
밭둑에 들깨 심는 까닭
멧돼지 때문만은 아니지

눈 감아야 보이는 별맛
두릅 뿌린
딱지 벗어야 새싹 나

반짝반짝 저 눈동자들은
미리내 역사인가요?

안반데기

안반데기 가을볕엔
사람도 영근다.

악마구리 갑은 을이 되고
을은 병 되어 정을 치고

맨바닥이 기둥 된다.

쇠심줄보다 질긴 안반데기
가락시장에 내동댕이치니

기둥이 맨바닥 된다.

안반데긴 하릴없이
가을볕이 그립다.

중성미자

역사가 스승일까?

거미줄은 뭉갤수록 날 서고
이슬은 너섬 구정물에 씻기는데

"물 뼈가 목구멍에 걸리면
약 없다"
중성미자 한 마디에

소리 소문 없이
말 닫힌 궐
스리스리 한 소식

"이슬은 우주의 자궁이다."

신고려장

해가 아니 뜨는 집이다

시어머닐 길 없는 구덩이에 빠뜨린
며느리가 친정엄말 그 구덩이에 버리고
그 딸이 그 구덩이에 버려진다

1004호 문이 열린다, 막장이다.
염병 간병인이 저승사자다
911기사가 들어대고 포옹해도

콧댈 세우고
소리소리 치는 건
그만큼 맘이 달아난 탓

코드블루가 고갤 끄떡인다

그림자 없는 막장 그늘에서
진흙소가 흔적없이 떠난다

마음의 창고

새까만 넥타일 맨 일개미
주적주적 눈 깊은 정선 눈으로 오른다

비가 올 때까지
구멍 없는 마음의 창고 자물쇠
땅콩집은 이미 막막하다

넘쳐나는 먼지의 힘
빈 마음의 땅콩집에서
누른국술 말아먹는다
꾸역꾸역

허공의 배꼽

기러기 발자국 깊은 호수
금붕어가 구름 월 노닌다

민들레 홀씨는 태양의 자이로
벌새의 꿈이 활개친다

체루탄에 취한 꽃뱀이
허공을 주름잡는다

유리안나 미소가
허공의 배꼽이다.

행주와 걸레

마른 행주 젖은 걸레
행준 마르고 걸렌 젖어야

행주가 걸레 되긴 한번으로도 족하지만
걸레가 행주 되긴 참 어렵다

걸레가 나다.

강문에 들다

하늘은 낮고 바다가 높아도
하늘은 바다를 탐한 적 없고
바다도 하늘을 탐한 적 없다.

장승백이 싸락눈이
그믐 달빛을 자르고
진또배긴 마파람을 베무는데,

욜그랑살그랑
소리 없는 소리가
닫힌 귀에

'작은 생각이 큰 세상을 열고
나를 바꿔야 세상을 바꿔.'

어둠을 뚫고
햇귀가 선뜩
강문을 열어젖힌다.

까발레로 i

지하철 속 너섬 길 잘못 든 길고양이가
길 잘 든 집토끼 목에 방울을 단다
영혼 잃은 사슴 얼굴에 반달 눈웃음
뒷짐 진 물총이 어지럽다
갓생 물총놀이에 흠뻑 신나
물대포 당신은 안녕하신가요
아버지의 바다에 날개 잃은
하얀 고래가 덮친다
속 발린 오해가 이해를 낳고
절레절레 이해가 오해를 낳는다
술잔 속 태풍이 너섬 구멍가겔 강타하니
파돌 타던 어처구니 무당파가 뻘쭘하다
물바다 너섬 벌은 밟을수록 빠져들어
허리띠 졸라맨 물폭탄을 날려버린다
고개 숙인 까발레로 간만 쏙 빼먹는
알츠하이머 청바지가 미리 불안해
속낼 드러낸 문자가 뼛속까지
무식을 업고 버티니
영혼 없는 백사가 비키닐 벗는다
노을 꺼진 너섬 술잔이 날아다닌다

까발레로 ii

테헤란로에선
뒤로 넘어져도 코가 깨진다.

불금 샹데리아 거미줄은
칭칭 허사빌 감싸고

몰라서 죄라면 법은 무효일까?
가혹에 참혹을 곱한다

테헤란로 하늘을 꾸욱 짜면
시커멍 행줏물 주루룩 흐르겠다.

ㅁ로 쓰고 ㅇ라 읽다

몽=(ㅁ'ㅇ-ㅁㅇ')/ㅇ²

모르는 신들

줌줌 너섬 땅거민
입 여윈 깔따구 꿈결인가
썸 타는 까도녀 스카픈가
테헤란로 꽃뱀 살웃음이
살롱 옴시롱감시롱 나들문
바람을 대구 흔드네

바람에 뼈가 있다 해도
샛강 해름에 퐁당
헹구니 불금

거울이 아니 먼저 웃는 까닭
앙큼살 꽃뱀 눈물짓 탓인가
웃픈 어스름에 똬리 튼 본촨
고졸하니 곡차향기 사뭇 들고

꽃뱀의 영끌 나발소리 따라
뜨락에는 건한 신들
어둑발 이즉 아득한데
아니 깐분 왜 거기서 나와
헐~ 개코 꼰댄 볼만장만하네

Section IV

Feeling

빌딩숲에 어둠이 깔리면

날 불구덩에서 끄집어내는 날 의심한다
몸 버린 허물이 허물 탓하고
빌딩 사이 나무가 쏘아올린 앵두알
달빛 그물에 걸리었다
날을 뭉갤수록 날은 서고
거울의 뒤통수가 간지러워
기러기 발자국 깊은
너섬 강 언덕 너머로
새까만 두루마기가 고갤 숙이고 돌아간다
슬픈 그림잘 데불고
눈 깊은 빌딩숲 돌아서다
그댈 마주하니 미소가 그윽하고
그댈 품으니 눈물이 앞서
욕망의 숲에 어둠이 깔리면

그대 별이 내게 오기까지

허공을 주름잡다
고향 돌아가는 길
별도 달도 바람에 멍들었다
시간의 향길 머금은
마음을 지우고 지운다

쓸모없는 건 없다
지금 이순간 위풍당당
그대가 있어 내가 있고
주먹 속에 감춰진 비밀은 없다

건강한 시인은 죽을수록 산다
바람이 들려주는 이야기
죽음은 완벽히 아름답다

허공의 손바닥을 뒤집으니
모든 슬픔이 사라진다
그대 별에 내가 든다

허공을 주름잡다

팬데믹 가자
대벌레 가족이
소원 들어주는
대나무숲에 모였다

애 대벌렌 물속 달 건지러
물속으로 들어가고
할배 대벌렌 소똥구리
온 길로 돌아가다
화석이 된다

바다숲은 목소리 낮추고
희망은 쓸수록 솟아나서
아내의 정원이 흥건하다

사철나무 바다숲 헐린 울타리
어제가 아제 속으로 들어간다
아제가 어젤 품는다

어제 속에 든 걸 꺼내 다듬는다
허공이 울컥 한 그릇이다

강물의 노래

빛과 그림잘 비벼서
궐 썻고 눈을 닦아도
도무지 여잔 없고
엄마만 있네

는개 피어나는 마을
바람을 거닐다
그대가 여무네

구름을 거닐다
그대 마음의 짐이
한결 가벼워지네
옆사람이 보이네

속 깊은
강물의 노랠 마시네

마음을 걷다

솟대울 너와집 뜨락
바람나무 아래 앉아서
온 밤이 깊어요

구름낭구 우듬질 박찬
곡신은 가없이 텅텅
온 누리가 심심해요

멍 때리기 한마당

문득
안드로메다에서
온 한 알림이 고파요

사랑꽃

한
나눔이 사랑을 벙글어
행복 꽃밭 일구네.

두
눈귀 씻고
마음 밭 다듬는
정수리에 똑또르
이슬 빛나고

다듬돌 똑또르독
마음자리에
사랑 꽃 초롱초롱

"도리도리 짝짜꿍"
"곤지곤지 잼잼"
"까르르 까꿍""까르르 까꿍"
온 누리가 행복 꽃밭이네.

버럭길

아랠 봐유

고개 숙이니
마캉 아래잖유

고갤 빳빳이
쳐드니 다 위

목만 아프잖유

그려유 다소곳
수그려유

알리

왜냐고?

닌 알리

죽어도 못 고치는 버릇

내 이리 해먹었으니

니도 그리했으리

헐

세모

달맞이고개 세몰 넘는데
거미줄 사이가 범상찮다
거미 이빨을 보았나

하늘은 낮게 드리우고
바단 불끈 솟아
하릴없이 허공이 딱딱해

하나개 솔숲은
환상의 길
해조음을 데불지만

보내도 보낼 수 없는
빈 바달 매달고

섬이 사육하는 바다숲
세모 책장을 넘긴다

여백의 미학

뻐꾸기가 붉은머리오목눈이
둥질 헐어버려도
말죽거리 자작나문 잎이란 잎 다 버리고
하늬바람이 왔던 길로 덤덤히 되돌아가네

길 가다 길이 사라져도
속 썩어 문드러진 아리순 침묵하네

해루질 마친 제 그림자에
목 괴고 말없이 외치네

쌍봉낙탈 가슴에 품고 사는
까만 두루마기가 고개 숙여
하얀 모잘 눌러쓰고
일주문을 들어서니

하마
옆사람이 보이려나

달빛의 노래

허공은 어디에서 왔을까

빛을 캐는 너섬

바람의 언덕 너머

청춘은 바로 지금

청바지가 허공에 날리는

삽질이 미리 불안하다.

달빛 나래 펼치는

거미줄에 걸린 허공

고요가 심원하다.

여자가 약하면

여자가 약하면 지상遲相
여자가 강하면 진상進相

고압선 위 참새 떼
입방아가 어처구니라

거울이 아니 먼저 웃는
까닭도 통하면 여자勵磁되고

어둠을 먹고 사는 거울 뒤편
삶은 칼바람 심줄에 휘감겨도

나비효과를 바라는 참새 떼
입방아는 찻잔 속 태풍

숨죽여도 여자가 약한
지상은 산소酸素가 적을 밖에,

여자가 강한 진상은 기가 차
자기磁氣를 개미지옥에 되묻네.

복삭 속아수다*

바람의 나라
밤을 걷다

길이 끝나니
어리석음도 끊어져
마음 내려놓고

마음도 다하니
적멸이어라

---

*제주말로 '고생 많으셨습니다'

나의 고향은 물속에 잠들고

보고 보아도 보고 싶은
나의 고향은 물속에 잠들고

거미줄에 걸린 바람
뒷간옆 고욤나무 방풍낭구
벼락 맞은 대추알 밤 배 능금
속 맛 깊디깊은 속내

고추잠자리 쉬다 가고
매미소린 얼마나 배었을까
귀뚜라미 울음은 몇 되나 스몄을까
꼰대의 시름 땀방울은
구름은 서리서리
몇 폭이나 담았을까

물속에 잠든 흰코끼리가 몸을
제 눈썹보다도 가늘게 늘이고 늘여
어메 바늘구멍으로 쑤욱 들어간다

후줄근한 마음을
볕바른 빨랫줄에 펴넌다

The First Feeling

In the rainbow floral breeze
Bees-butterflies get in it's honey
Rekindle you in freezing heart

butterfly-cilia on Cicada-brow
Cherry lip's charm fresh
Your smile playes me

Your dewy eyes are the ocean
Which turn head moving askew
My heart becomes a remote isle

I hug the first flower chokingly
Burning all the aching thoughts
Waving breeze in deep serene
In floral waves I'm feeling quietly

Miss you even though seeing
Feeling swallows feeling
Feeling swallows feeling

The Quince

The unpretty but sweet honey

Section V

Secrets

알음알이

입 여읜
깔따구는
씨 없는 수박
맛을 어이 알리

씨 없는
수박은 입
여읜 깔따구
얼을 어이 알리

입 여읜
깔따구 씨
없는 수박 속
내 어이 다 알리

침을 삼키다

분질러도 아니 분질러지고
퍼내고 퍼내도 아니 마르는 그대

엇거리앉음새로
침을 삼키며

가을 볕에
그대가 영근다

거울이 먼저 웃다

생각만 해도 전기가 팍 오네

보이는 건 진실이 아닐 수 있지만
들리는 건 진실일 수도 있다며

바람 바람이
고인돌에 번개 치니

한 떨기 이슬에
에밀렌 못내 우네

당신 거울이
희망을 미리 건져

모래와 모래 사이를 비집고
하루살이가 천년 역사를 짓네

거울이 미리 알고
먼저 웃네

해가 아니 뜨는 집

해가 아니 뜨는 집에
천년을 아니 지는 꽃이 있다.

살아있어도 살아있는 게 아니고
죽는다고 다 죽는 건 아니니

사라진다고 슬퍼만 말고
사라지는 걸 아름다이

더 바라는 건 욕심
욕망을 싹뚝 자른다.

시간의 나이테 생각을 읽다

역사는 거꾸로 흘러
상처 없는 낭구는 없고

생각 깊은 낭구에
바람은 직선으로 불지 않네

구불구불한 실타래를
끓는 물에 넣으니 반듯이 펴지네

물푸레가 제 몸 데우는 입김에
하루살이가 천년 역살 짓고

물푸레 가슴을 베문 슴베도
간절한 시집이네

그댄 낙엽 될 준비가 되셨나요?

공기 한 줌이 내 생이고
바람 한 줌이 내 삶이다

내가 날 업고 엎어지다
내가 날 안고 돌아보니

새벽 달빛이
베롱낭굴 살포시 덮는다

하늘이 옷을 벗어 던진다

첫눈처럼 그댄
낙엽 될 준비가 되셨나요?

그려

당신 나란
행복하니껴?

그려

전길
먹었슈?

그려

두 번째
총알 맞을 준빈?

그려

침묵

삐딱하다

날마다 이별하는 여자
지나간 건 지나간 대로

침묵은 편안한 대화
침묵이 무릎을 포갠다
숨죽인 배추의 촉감이다

내일이면 늦으리
오늘이 가기 전에
침묵의 숲도 베어낸다

삶의 강

강은 강물의 속도로 흐르게 두어요

강이 강물대로 바다에 이르는 건

우리네 삶도 그런 까닭에

강은 강물대로 흐르게 두어요

해파랑길

해가 아니 뜨는 수평선
밤바달 걷는다

전선 위 까치 다리는 흔들려도
머린 끄떡도 없다

시가 흐르는 해파랑길
날개 접은 욕망이다

바람은 이울고
물푸레 속에 하늘이 든다

긍정의 힘

멍 때리기 좋은 밤
망각은 신의 배려다

억만장자
억에 영을 곱하면 영
도루묵 되고

천만 시민
천만에 영을 더하면 억
온 길로 돌아가다 만난다

마음을 확 고쳐먹으니
과식해도 탈 없다.

마지막 잎새

고독은 싱거운

철새라 여겼는데

어느새

텃새 흉내내니

내 꼭 그 짝이네.

별 쏟아지는 밤에

감꽃도 흐드러져
미래가 과걸 품는 밤

성근 북두성 국자로
미리내를 길어다
즈믄해로 우려

뿌리 깊은 소낭구
들마루에 나앉아
그대 향기 듣다

멍때리다

텅 빈 잔
불가촉 적멸에 들다

적요가 바짓가랑일 잡아당기다

한강지게 우는 폭포 소리는 젖는 일 없다.

입 없는 깔따구 살라도강을 거스르고

일 없는 그늘에 진흙소가 쉰다.

적요가 바짓가랑이에 묵직하게 와닿는다.

천년을 아니 지는 꽃

그대 눈은 별바다

눈꺼풀이 무조건 잡아당긴다.

오늘을 간절히 접는다.

바람도 없는데 흔들리는 이 누구인가

그이는 깨지기 쉬운 거울 뒷면

줌마렐란 강아지 목줄에 끌려
비요일마다 그이와 이별하고

갈꽃은 비에 젖은 채
지붕 없는 창밖을 서성이고

눈물 젖은 가랑잎을 밟으니
간절곶 절벽이 무너져내린다

조간대 조석이 헐거워져
갈잎이 옷고름을 풀어헤치고

은사시 뒤척이는 밤이면
시벽도 물구나무로 부렐 키운다

바람도 없는데 흔들리는 이 누구인가

신발 벗고 앉은 자리

주어도 주어도 아니 마르는
아낌없이 주는 나무

한 천년에 한 번 들이쉬고
두 천년에 한 번 내쉬는 돌이 있다.

강물도 봄에는 꽃을 피우니
삼각산이 감실감실 부채춤 추고

대간이 무릎을 낮추어 바다에 기대니
허공은 남지도 모자라지도 않다.

풀꽃체 그림에 가려진 캔버스
3D 영상에 가려진 스크린이다.

까발레로

정연국 지음

발행처   도서출판 청어
발행인   이영철
영업   이동호
홍보   천성래
기획   남기환
편집   방세화
디자인   이수빈 | 김영은
제작이사 공병한
인쇄   두리터

등록   1999년 5월 3일
          (제321-3210000251001999000063호)

1판 1쇄 발행   2023년 2월 10일

주소   서울특별시 서초구 남부순환로 364길 8-15 동일빌딩 2층
대표전화 02-586-0477
팩시밀리 0303-0942-0478
홈페이지 www.chungeobook.com
E-mail   ppi20@hanmail.net
ISBN   979-11-6855-121-3(03810)

본 시집의 구성 및 맞춤법, 띄어쓰기는 작가의 의도에 따랐습니다.